# L'espionne de l'OLYMPE

Du même auteur,
dans la série L'espionne de l'Olympe :

*Opération cheval de Troie*

*Au travail, Hercule !*
*Pas d'excuse pour Méduse !* (à paraître en août 2023)

# L'espionne de l'OLYMPE

## Trop fort, le Minotaure !

Fabien Clavel
illustrations de Miss Paty

RAGEOT

À Charlie, ma filleule.

*pour anna*

*pour léna*

Mise en pages : Françoise Maurel
Couverture et illustrations : Miss Paty

ISBN : 978-2-7002-7708-1

## 1. Au loup !

Je cours en hurlant.

Mais, attention, je n'ai pas vraiment peur. Nous sommes simplement en train de jouer au loup avec mes amis dans la forêt du mont Pélion.

Il y a Melitzanès la centauresse, Dolmas le satyre et Briam la sirène.

Melitzanès galope très vite mais, une fois qu'elle est lancée, elle a du mal à s'arrêter. À plusieurs reprises, elle a pris un virage et a fini dans un buisson. En fait, c'est son arrière-train de cheval qu'elle n'arrive pas à maîtriser.

Dolmas est beaucoup plus fort. Il bondit partout comme une chèvre. En même temps, il a des pattes de bouc. C'est normal. Son problème, c'est qu'il se cogne souvent les cornes. Ensuite, il pleure et il faut le consoler.

La meilleure, c'est Briam. Cette sirène est aussi agile qu'un oiseau. Je peux me réfugier n'importe où, elle finit toujours par m'atteindre.

Ma seule solution, en tant que dryade, est de me fondre dans un tronc d'arbre pour lui échapper.

– Dryas ! Arrête de tricher !

C'est toujours pareil avec eux. Dès que je suis près de gagner, ils m'accusent de tricher. Je bougonne mais je finis par m'extraire du chêne dans lequel j'étais entrée.

– Comment m'avez-vous trouvée ?

Dolmas montre le bas de ma tunique qui s'effiloche.

– Un fil dépassait de l'écorce, explique-t-il.

J'essaie d'être bonne perdante.

– D'accord, c'est moi le loup…

Je pousse un faux rugissement et me précipite à la poursuite de Melitzanès. Ses sabots frappent la terre. Elle est trop rapide pour moi tant qu'elle avance en ligne droite.

Elle se retourne pour me tirer la langue. Je m'écrie :

– Attention !

Et *paf !* C'est l'accident.

Sauf que cette fois, elle n'est pas rentrée dans un arbre mais dans quelque chose de beaucoup plus dangereux : un mortel.

Je n'aime pas beaucoup les mortels. Ils passent leur temps à se battre, à se voler, à se mentir et à détruire la nature.

L'homme se redresse en se massant l'estomac. C'est là qu'il a reçu la tête de Melitzanès. Il est très blond, très grand et très costaud.

Je me plante devant lui, les mains sur les hanches, et je demande :

– Qu'est-ce que tu veux ?

Il me regarde, surpris.

– Qu'est-ce qu'une petite fille fait dans cette forêt ?

Je me moque de lui :

– Je ne suis pas une petite fille ! Je suis une dryade, une nymphe des arbres.

– Ah, pardon.

Il remet sur la tête son chapeau de voyage qui est tombé au moment de la collision.

– Tu peux peut-être me renseigner : je cherche la grotte de Chiron. Et je me suis perdu...

Encore ? C'est le troisième, ce matin ! Tous ces mortels veulent suivre les cours de Chiron, le plus sage et le plus savant des centaures, qui vit dans nos bois du mont Pélion. Et ils n'arrêtent pas de s'égarer ! On ne peut plus jouer tranquilles.

Je lui réponds un peu rudement :

– Il va falloir te débrouiller. Je n'ai pas que ça à faire. Mes amis m'attendent.

– Je comprends, dit-il. Indique-moi la bonne direction et je ne te dérangerai plus.

Je soupire.

Soudain, j'entends un bruit d'ailes et je vois une plume blanche tomber en flottant devant mes yeux.

Je connais ce plumage. Ce n'est pas celui de Briam qui est multicolore. Très vite, j'attrape l'inconnu par le coude et je l'emmène hors de la clairière.

– Finalement, je vais t'aider...

## 2. Au hibou !

Je conduis le mortel à travers bois quand un cri s'élève derrière moi :

– Dry-as !

Je fais la sourde oreille et je continue de le guider :

– C'est par là.

Le mortel fronce les sourcils.

– Ce n'est pas ton nom par hasard ?

– Dry-as !

– Je ne vois pas de quoi tu veux parler... Bon, alors, pour aller chez Chiron, il faut prendre...

Je n'ai pas le temps de terminer ma phrase. Une petite chouette blanche se pose sur une branche devant moi, tout essoufflée.

– Tu ne m'as pas entendue ? halète Glaux en s'appuyant contre le tronc. Je n'arrête pas de t'appeler.

– Moi, si, dit le mortel.

Je décide de l'ignorer.

– C'est peut-être parce que tu as une petite voix aiguë...

La chouette agite une aile pour montrer que ce n'est pas grave. Elle appuie sur son flanc pour faire partir un point de côté, tousse un peu et finit par me dire avec un regard mystérieux :

– J'ai une mission pour toi.

Et voilà ! C'est toujours pareil !

À chaque fois que Glaux vient me voir, c'est pour me confier une mission de la part des dieux de l'Olympe. En général, cela consiste à espionner les mortels. J'en ai assez. Ils pourraient se débrouiller tout seuls pour une fois !

– Bon, fait le mortel blond, je vous laisse. Merci de ton aide, petite dryade.

Il s'en va en baissant la tête pour ne pas heurter les branchages. Glaux ouvre de grands yeux.

– Tu as vu qui c'était ? s'écrie-t-elle. C'était Achille, le fils de...

Je lui coupe la parole.

– Les histoires de mortels ne m'intéressent pas.

Cela lui cloue le bec. Glaux roule des yeux avant de reprendre :

– Bon, je peux te donner ta mission ? Tu seras récompensée...

Je croise les bras, mécontente. Je préférerais rester dans la forêt et jouer toute la journée, mais les dieux en ont décidé autrement.

– Je t'écoute.

Glaux sautille de joie sur sa branche.

– Eh bien, figure-toi que c'est Poséidon qui m'envoie, cette fois !

Je le connais, ce vieux barbu désagréable, toujours fourré au fond des océans.

– Que veut le dieu de la mer ?

– Il a un problème avec son fils.

– Son fils ?

– Oui. Il s'appelle Thésée et il a disparu en Crète.

## 3. Quatre nymphes dans le vent

– En Crète ? Mais c'est une île ! Le pire endroit pour moi !

Sur le continent, en tant que dryade, je peux me déplacer facilement de racine en racine ou même de branche en branche. Dans l'eau, c'est un autre problème.

– Non, se réjouit Glaux, toujours enthousiaste. J'ai eu une idée : j'ai demandé aux nymphes néphélées de nous aider.

Pour une fois, je trouve que la chouette a eu un bon réflexe. Les néphélées sont les nymphes des nuages et de la pluie. Avec un peu de chance, cela ne devrait pas me prendre trop de temps.

Je retourne voir mes amis. Glaux me suit en voletant en tous sens.

– Cela veut dire que tu acceptes ?

J'arrive dans notre clairière quand soudain Melitzanès me rentre dedans et m'envoie culbuter dans un buisson.

– C'est toi le loup ! hurle-t-elle, ravie.

Je me redresse, un peu étourdie. Dolmas et Briam me viennent en aide en la grondant.

– Fais attention, dit le petit satyre. Tu aurais pu la blesser...

Melitzanès prend un air penaud. Je la rassure tout de suite :

– Ce n'est rien. Je voulais vous dire : je dois partir un moment. Soyez sages, hein ?

Ils le promettent tous les trois. Dolmas a l'air triste, comme à chaque fois que je m'absente. Je me tourne vers Briam.

– Je vais avoir besoin de toi.

Je lui explique ce que j'attends d'elle et la sirène fait une grimace désespérée :

– Ah, je ne sais pas si je vais y arriver...

– Apapaï ! Tu pourrais soulever un taureau !

Aussitôt, elle commence à s'envoler et, quand elle est à bonne hauteur, je me suspends à ses serres.

– Ouf ! soupire-t-elle. Tu es bien plus lourde que je le croyais.

Je préfère ne pas répondre. Briam a souvent tendance à exagérer. Nous nous envolons, dépassant même la cime des arbres. Je vois la forêt s'éloigner en dessous de moi. Quand il est temps, j'appelle mes amies, les nymphes des nuages.

– Néphélées, vaporeuses néphélées, êtes-vous là ?

Trois femmes apparaissent aussitôt. Elles semblent faites de coton presque transparent et portent des cruches sur leur dos.

– Que nous veux-tu, petite dryade ? demandent-elles doucement.

– Pourriez-vous me transporter jusqu'en Crète ?

– Tout à fait, petite dryade, nous avons déjà accepté d'aider Glaux.

Leurs cheveux se transforment en petits nuages moelleux et je m'y installe comme sur un tapis. La chouette vole à côté de moi. Je salue Briam qui repart vers notre forêt en agitant ses ailes colorées comme si elle était près de tomber de fatigue.

Très vite, emportés par le vent, les nuages se déplacent, glissant dans l'air. Mes cheveux se soulèvent.

– Eh bien, Glaux, en quoi consiste cette mission ?

– C'est une histoire compliquée, commence-t-elle. Thésée est le fils de Poséidon mais il a été adopté par le roi d'Athènes, Égée.

– Et alors ? Thésée s'est disputé avec son père adoptif ?

– Pas vraiment. On pense qu'il s'est embarqué secrètement sur un navire, avec d'autres jeunes gens, en direction de la Crète.

J'écoute avec attention car je ne comprends pas où est le problème.

– Vois-tu, ces jeunes gens d'Athènes sont des prisonniers qui doivent être livrés au roi de Crète. Depuis que le roi Minos a vaincu Athènes à la guerre, il lui réclame chaque année quatorze enfants pour les manger.

Je suis stupéfaite.

– Pour les manger ? Quel monstre ! Il faut les sauver !

– Enfin, surtout Thésée, précise Glaux.

Je reste inflexible :

– On sauvera tout le monde ou personne ! Même si ce sont des mortels !

## 4. Une île entre le ciel et l'eau

À l'horizon, j'aperçois la longue île de Crète.

Nous survolons des champs avant de contempler une immense cité avec de nombreux étages, des colonnes noires et des murs rouges. Je distingue même des fresques peintes sur les murs avec de belles couleurs bleues.

Je n'ai jamais vu autant de maisons d'un seul coup, entassées les unes sur les autres. Les mortels savent parfois être très ingénieux.

Les néphélées finissent par nous déposer doucement sur un toit plat, au centre d'un palais.

– Soyez remerciées, légères néphélées !

Elles s'envolent et nous laissent seules, Glaux et moi. Ma robe est un peu humide à cause de l'eau transportée par les nymphes mais je vais sécher assez vite.

– Bon, comment vais-je trouver Thésée dans cette espèce de...

Je n'ai pas de mots pour décrire cet endroit.

– Le Labyrinthe, me précise Glaux. C'est ainsi qu'on appelle ce palais.

– Je ne vais jamais me souvenir d'un nom aussi compliqué !

Je cherche autour de moi comment quitter ce perchoir. Heureusement, un cyprès a poussé près du bâtiment. Il doit être vieux car sa hauteur dépasse tous les frênes aux alentours et atteint presque le niveau du toit.

Je m'approche pour me couler dans ses branches et redescendre à terre quand j'entends la voix d'un mortel.

Aussitôt, je me couche sur le toit. Glaux me regarde avec des yeux étonnés. Je lui crie :

– Cache-toi, féta[1] !

– Féta ? fait la chouette, choquée. Je te rappelle que je suis au service des dieux olympiens et que...

J'attrape un cône sur le cyprès et le lui lance à la tête pour la faire taire. Glaux pousse un hululement d'indignation et croise les ailes avec un air boudeur. Au moins, elle se tait.

Je m'approche d'un rectangle creusé dans le toit, qui sert de puits de lumière. Dès que j'en atteins le bord, je me penche pour voir qui parle en dessous. Je jette un œil et j'éprouve aussitôt un terrible vertige : le puits de lumière se prolonge sur plusieurs étages et se termine au rez-de-chaussée par un petit bassin.

1 - Fromage grec de couleur blanche.

Glaux vient à son tour sans paraître gênée par la hauteur.

– Oh, nous sommes juste au-dessus de la salle du trône ! s'exclame-t-elle, ravie. Regarde ces magnifiques murs de gypse et d'albâtre ! Tiens ? Je vois des Athéniens.

À ce mot, je dresse l'oreille et reviens près du rebord. Du bout de l'aile, elle m'indique un groupe d'une quinzaine de jeunes gens. Je chuchote :

– Comment sais-tu que ce sont des Athéniens ?

– Eh bien, à leurs costumes ! À la coupe des tuniques. Enfin, c'est évident !

Je hausse les épaules. Pour moi, tous les mortels se ressemblent.

– Bon alors, lequel d'entre eux est Thésée ?

– Ah, ça, répond Glaux, je n'en ai aucune idée.

Un homme s'avance. Il n'est vêtu que d'un pagne et de sandales. Sur la tête, il porte une tiare ornée d'une longue plume. Je me retiens de pouffer de rire.

– Les serviteurs sont drôlement habillés ici !

Glaux me regarde avec un air accablé :

– Ce n'est pas un serviteur... C'est Minos. Le roi de Crète.

## 5. Aux marches du palais

Je contemple le ventre rebondi de Minos avec un frisson d'horreur.

– Alors, c'est lui qui mange les enfants d'Athènes ?

– Je ne sais pas, avoue Glaux.

– Tu ne me sers vraiment à rien !

Glaux se dresse de toute sa petite taille, atrocement vexée.

– Dans ce cas, petite dryade, tu te débrouilleras très bien sans moi !

Et sans ajouter un mot, elle s'envole. Bientôt, je ne vois plus qu'un point blanc dans le ciel.

Je ne peux même pas l'appeler de peur d'attirer l'attention. Allons, bon ! Me voilà seule.

Tant pis. J'ai un peu honte d'avoir blessé Glaux. Parfois, j'ai tendance à dire les choses trop brutalement. Je m'excuserai à la première occasion.

En attendant, je vais devoir accomplir ma mission par moi-même. J'examine de nouveau la salle. Il y a de nombreux gardes avec des casques constitués de défenses de sanglier, surmontés d'une houppe. Ils sont armés de lances et de grands boucliers d'osier recouverts de peau.

Pendant ce temps, le roi Minos adresse un discours aux jeunes Athéniens.

– Soyez les bienvenus, déclare-t-il.

Tiens, il a l'air plus gentil que prévu.

– Vous allez mourir, ajoute-t-il.

Non, en fait, je me suis trompée : il est très méchant.

– Vous vengerez ainsi la mort de mon fils Androgée que vous avez assassiné.

Voilà typiquement une histoire de mortels : ils se tuent entre eux, puis se vengent en se tuant encore. Cela ne s'arrête jamais.

Je n'écoute plus les explications de Minos. Par contre, je remarque qu'il est entouré de deux très jeunes femmes qui lui ressemblent. Ce sont sans doute ses filles.

Toutes les deux échangent des regards entre elles. Elles ont l'air de s'être disputées. Puis, elles fixent le même garçon parmi les Athéniens et lui envoient des baisers de loin. Quand Minos a le dos tourné.

Si je comprends bien, les deux sœurs sont amoureuses du même Athénien. Encore une histoire de mortelles...

Mais Minos termine enfin son discours.

– Vous allez donc mourir pour nous divertir, leur annonce-t-il. Qu'on les conduise dans la cour centrale !

Les soldats emmènent alors les jeunes Athéniens au rez-de-chaussée. Ils les poussent vers une grande cour rectangulaire en terre battue. Je profite de cet instant pour descendre d'un étage au moyen du cyprès.

En me coulant dans le tronc, je croise une dryade qui habite cet arbre.

– Bonjour, ma sœur !

Elle ne me répond pas et éclate en sanglots.

– Ils vont mourir ! renifle-t-elle. Ils vont tous mourir !

J'oubliais que les nymphes des cyprès aiment veiller sur les morts. En général, elles sont légèrement déprimées. J'essaie de la rassurer :

– Je suis là pour les sauver. Tu vas voir !

Elle continue de se lamenter et, lassée, je m'éloigne.

En bas, les gardes ont laissé les jeunes gens au milieu de la cour. Ils se tiennent devant des portails de bois. Au signal du roi Minos, ils les ouvrent.

À cet instant, des taureaux furieux se précipitent sur les malheureux.

## 6. File la laine

Les Athéniens, affolés, veulent fuir face à ces énormes bestiaux. Au contraire, quelques jeunes Crétois et Crétoises sautent dans la cour et font face aux taureaux. Quand ceux-ci leur foncent dessus, les jeunes gens, comme de vrais acrobates, effectuent des sauts périlleux au-dessus des animaux.

La foule applaudit, manifestement ravie. Les bonds durent un moment puis, tout à coup, les taureaux sont renvoyés à l'étable et les jeunes gens s'en vont.

Il ne reste que les Athéniens, recroquevillés dans un coin, terrifiés.

Minos lève alors un bras. Quand il l'abaisse, tous les volets de bois se referment sur les fenêtres en claquant, comme si une forêt entière s'abattait d'un seul coup. J'en ai des frissons dans le dos.

C'est la fin du spectacle. Tout le monde est caché derrière ses volets. Je comprends que le rez-de-chaussée et les sous-sols sont ouverts aux prisonniers d'Athènes, alors que les étages sont réservés aux Crétois.

Du coup, plus personne ne regarde les jeunes gens. C'est ma chance !

Des portes ont été laissées ouvertes, d'autres sont fermées. Même d'en haut, il m'est impossible de voir quel chemin suivre pour sortir de Lab... Laby... Bref, pour en sortir !

Pour aller chercher les Athéniens, il faudrait que je trouve un moyen de me repérer. Je songe soudain au fil de ma tunique qui m'a trahie alors que je jouais en forêt avec mes amis.

Cependant, il n'y a pas assez de tissu dans mon vêtement pour couvrir la distance nécessaire. En plus, je finirais toute nue. Ce n'est pas que cela me dérange mais les mortels ont l'air de beaucoup tenir au fait de mettre des habits. Je n'ai jamais compris pourquoi.

Je réfléchis.

Soudain, j'ai une idée. Il me semble avoir remarqué des frênes à côté du cyprès. Or, les nymphes qui y habitent, les méliades, sont spécialisées dans la protection des troupeaux qui s'abritent sous leurs branches.

Je me glisse donc dans le cyprès, croise ma sœur qui sanglote toujours, arrive au pied du tronc et appelle :

– Méliades, protectrices méliades, êtes-vous là ?

Des filles apparaissent. Leur visage est couvert d'une écorce grisâtre et leurs cheveux sont couverts de feuilles étroites.

– Que veux-tu, petite dryade ?

– Pourriez-vous me donner de la laine que les moutons ont laissée accrochée à vos branches ?

– Combien t'en faut-il ?

– Le plus possible.

Soudain, je songe que la laine va traîner sur le sol. En quelques instants, elle prendra la couleur de la terre battue et je ne la verrai plus. Il faudrait que je la teigne avec quelque chose qui saute aux yeux... Du rouge, par exemple.

– Connaissez-vous une plante qui permettrait de teindre la laine en rouge ?

– Bien sûr, il y a les racines de garance. Nous nous en chargeons.

Après quelques instants, les méliades reviennent avec un bâton sur lequel est enroulé un fil de laine rouge qui doit mesurer au moins trois stades[1].

---

1 - Le stade est une unité de mesure antique équivalent à 200 mètres environ.

– Nous y avons ajouté de la toile d'araignée. Ce fil pourrait supporter le poids d'un bœuf.

Je les remercie chaleureusement, même si je suis un peu vexée qu'elles me croient si lourde, et je retourne au palais.

En passant à côté de ma sœur éplorée, je l'entends qui gémit :

– Et ce pauvre Astérion !

Je n'ai pas le temps de lui demander de qui il s'agit. Je remonte à l'étage et regarde par la baie si le Laby... si l'endroit a changé.

Le bâtiment paraît entièrement vide. Il y a toujours les mêmes portes ouvertes et les mêmes portes fermées. Cela ne va pas être facile de se repérer...

Tiens, mais où sont passés les Athéniens ?

## 7. Un œil noir me regarde

Je commence à avoir un peu peur : j'ai pris trop de temps pour fabriquer mon fil rouge !

Je dois réagir rapidement.

Avec des gestes précis, je noue la corde à l'un des piliers de bois noir avant de descendre en me laissant glisser. Ensuite, dès que mes pieds touchent le sol, je tiens le bâton devant moi pour que le fil se déroule comme une bobine. Mes paumes me brûlent mais au moins je ne risque pas de me perdre dans ce Lab... ce dédale !

Espérons que les taureaux soient bien cachés parce qu'il n'y a pas de plante par ici : je n'aurais aucun moyen de m'enfuir.

Je regarde autour de moi : pas de trace des Athéniens.

Soudain, un bruit me fait sursauter. Je me retourne, aux aguets. Une boule blanche se cogne à moi avant de rouler par terre. Je baisse les yeux en me frottant le front.

C'est Glaux !

Elle est mal en point. Ses plumes sont couvertes de terre. Je la ramasse et la prends dans mes mains. La chouette ouvre les yeux.

– Ah, Dryas, je te retrouve !

Elle détourne les yeux, honteuse.

– Je n'aurais pas dû t'abandonner. Tu me pardonnes ?

Je hausse les épaules.

– Oui, bien sûr ! D'ailleurs, c'était ma faute. Je suis désolée de t'avoir traitée de féta, même si c'est un fromage aussi blanc que ton plum... Bref. En attendant, regarde : je me suis bien débrouillée. J'ai trouvé un moyen de ressortir du Laba... du Labu...

Elle vient à mon secours.

– Du Labyrinthe ?

– C'est ça ! Bon, je n'ai pas beaucoup de temps. Je vais chercher Thésée et les autres !

J'installe Glaux sur mon épaule. Il y a des traces de pas sur le sol. Je les suis en déroulant le fil derrière moi, jusqu'à ce que les empreintes me conduisent sous un bâtiment.

J'hésite un peu à m'enfoncer dans ce recoin obscur, alors j'appelle :

– Houhou ? Les Athéniens ? Vous êtes là ?

Ma voix résonne sous les plafonds. Cette partie cachée semble immense.

– Tu ne devrais pas crier, me prévient la chouette. Je te rappelle que tu es en mission secrète.

– Les Crétois sont tous cachés derrière leurs volets. Ils ne m'entendront pas.

Soudain, un visage apparaît dans l'ombre. Je reconnais l'un des garçons de tout à l'heure, celui-là même à qui les deux filles de Minos lançaient des regards amoureux.

– C'est toi qui cries comme ça ? Qui es-tu ?

– Poséidon m'envoie. Je viens vous délivrer.

– Poséidon ? Tu travailles pour mon père ? s'étonne l'Athénien.

– Ton père ? Mais alors, tu es Thésée !

Il me fait signe de me taire.

– Chut ! Moi aussi, je suis en mission.

– Ah bon ?

Glaux et moi nous sommes exclamées en même temps.

– Oui. Tout est prévu avec Égée, le roi d'Athènes…

– Son père adoptif, glisse Glaux.

– Je me fais passer pour un Athénien normal et je mets fin à cette tradition barbare, reprend Thésée.

Je hoche la tête.

– Eh bien, parfait ! Je suis venue vous délivrer avant que Minos ne vous croque ! Allons-y !

Thésée n'a pas l'air de comprendre.

– Mais Minos n'a jamais mangé personne. C'est le Minotaure qui dévore les jeunes Athéniens !

Comme il voit que je suis complètement perdue, il ajoute :

– Le Minotaure est un monstre qui rôde dans le Labyrinthe et se nourrit de chair fraîche.

J'ai un mauvais pressentiment. Je demande :

– À quoi ressemble-t-il, ce monstre ?

Thésée lève un doigt tremblant et désigne une ombre de l'autre côté de la cour.

– Il ressemble à ça !

Un œil noir me regarde.

## 8. Au Minotaure !

Le monstre sort de la pièce dans laquelle il se cachait. Dans la lumière, je vois apparaître un être horrible dont le corps est celui d'un mortel. Mais sa tête est celle d'un taureau aux cornes gigantesques. Et ses pieds sont des sabots.

Thésée, Glaux et moi poussons un hurlement de terreur. Nous commençons à courir dans la pièce couverte. L'ombre nous engloutit.

Derrière nous, le fameux Minotaure lance un meuglement menaçant et gratte le sol du sabot. Il se prépare à charger !

Nous courons sous les plafonds sombres avant de rencontrer très rapidement le groupe des Athéniens qui attendaient, tapis dans l'ombre. Ils sont aussi effrayés que nous et se mettent à courir dans le premier escalier.

Je sens le fil se dévider derrière moi avec un sifflement. Heureusement, je n'ai pas lâché ma bobine.

Glaux a enfoncé ses serres dans mon épaule pour ne pas tomber. Elles me pincent mais je ne dis rien.

Les garçons et les filles partent en tous sens. C'est la débandade ! Si on était en train de jouer au loup dans ma forêt, je pourrais tricher et me dissimuler dans un tronc. Mais il n'y a pas d'arbres.

Le seul bois qui reste est celui des portes. Il est sec et mort depuis trop longtemps pour abriter encore une dryade, ou pour me servir de moyen de transport.

Alors, je cours comme les autres, vérifiant que Glaux ne tombe pas de mon épaule à chaque tournant. Je prends à gauche, puis à droite, puis encore à gauche.

J'arrive à la fin du fil ! Après, je n'y fais même plus attention. Je suis complètement perdue dans le Lab... enfin, vous voyez !

Je ne trouve aucune nymphe à appeler pour m'aider. Cet endroit a été entièrement transformé par les mortels. Il n'y a plus de place pour les divinités de la nature.

– Bon, Glaux, tu as des ailes. Toi, tu peux t'échapper !

– Non, fait la chouette, je ne t'abandonnerai pas une seconde fois !

Je suis touchée par sa fidélité mais je préférerais la savoir saine et sauve.

Pendant tout ce temps, je n'ai pas arrêté de courir. Par malheur, j'arrive dans un cul-de-sac.

– On est coincées ! gémit Glaux.

À cet instant, des pas lourds retentissent derrière moi. Et une ombre énorme se dessine sur le mur. Une ombre cornue.

Je me retourne, le cœur battant, et crie :

– Je suis sûre que je ne suis pas bonne à manger ! Il n'y a pas de sang dans mes veines, mais de la sève ! Franchement, à moins d'être herbivore, je ne présente aucun intérêt...

– Elle a raison ! souligne Glaux, courageuse.

Le Minotaure est là, devant moi, immense.

Il remue le mufle et souffle par les naseaux un air chaud désagréable qui vient me caresser le visage.

– Cela tombe bien, dit le monstre d'une voix grave. Je suis végétarien...

## 9. Le monstre rumine

Les bras m'en tombent.

– Tu parles ?

– Bien sûr ! fait le Minotaure, vexé. Je ne suis pas une bête ! Enfin, à moitié seulement.

Il soupire et s'assied en tailleur. Je l'imite, voyant qu'il n'est pas menaçant et qu'il a besoin de discuter.

– Je suis le fils de la reine Pasiphaé, l'épouse de Minos. Maudite, elle est tombée amoureuse d'un taureau envoyé par Poséidon... Quand je suis né, Minos a eu honte et m'a caché dans le Labyrinthe.

– Et depuis, il t'amène des enfants pour que tu les dévores ?

Le Minotaure ricane amèrement.

– Crois-tu que, si je mangeais seulement une fois par an, je serais encore en vie ? Bien souvent, il suffit qu'ils me voient et ils meurent de peur. J'ai beau me cacher, ils finissent toujours par me trouver en errant dans le Labyrinthe. Et il est impossible d'en ressortir. Je suis prisonnier dans ma propre maison.

Son histoire me bouleverse, j'en ai les larmes aux yeux. Je suis heureuse dans ma forêt mais j'ai la chance de pouvoir en sortir parfois et de découvrir un peu le monde qui m'entoure.

– C'est trop triste !

Glaux pleure carrément. J'essaie de ne pas céder à l'émotion.

– Mais comment te nourris-tu ?

– Ce sont les nymphes d'ici qui m'apportent à manger. Elles parviennent parfois à faire pousser des fruits ou des légumes.

Je repense à la dryade du cyprès.

– Tu es Astérion ?

Le Minotaure hoche la tête. Une autre question me vient.

– Mais pourquoi nous as-tu poursuivies ?

– Les nymphes m'ont averti qu'il y avait un garçon parmi les Athéniens qui cherchait à me tuer. Je voulais le trouver et lui parler. Mais, comme d'habitude, les gens ont eu peur...

Soudain, Thésée arrive sur nous en hurlant, une épée levée.

– Aaaaahhhh !

Astérion recule vers le mur et je me place devant lui en protection. Thésée s'arrête, stupéfait.

– Mais que fais-tu ?

– Astérion n'est pas une menace. Il ne mange pas de viande.

Décontenancé, le garçon baisse son arme.

– Vraiment ?

– Vraiment, confirme le Minotaure. Je rumine, comme tous les taureaux.

Pour le prouver, il rote bruyamment. Glaux prend un air dégoûté alors que je l'ai surprise plus d'une fois à vomir des pelotes de réjection après avoir mangé une souris.

En entendant le monstre parler, Thésée est encore plus stupéfait. Je désigne sa lame.

– Et toi, d'où sors-tu cette épée ?

– Phèdre, la fille de Minos, m'en a envoyé une. Je crois que je lui plais, précise-t-il avec un sourire de beau gosse.

Je soupire. Les mortelles ne valent pas mieux que les mortels.

– Eh bien, tu n'as qu'à emmener les prisonniers en partant d'ici !

– Mais comment sortir ? s'écrie Thésée. Nous sommes complètement perdus dans ce Labyrinthe.

Pour toute réponse, je lui montre mon bâton auquel est encore attaché le fil rouge.

## 10. Les premiers de cordée

– Je veux bien sortir, annonce Thésée. Mais qu'est-ce que je vais dire à mon père ? À mon peuple ? Je suis censé tuer le Minotaure...

Je réfléchis très vite. Je rembobine un peu de fil rouge et j'en forme une boule que je tends à Astérion.

– Allonge-toi là, pose la pelote sur son ventre et ne bouge plus.

Je recule et j'admire mon œuvre : dans la pénombre, on jurerait que le Minotaure est mortellement blessé. D'ailleurs, il se met à tirer sa langue de bœuf pour avoir l'air plus convaincant.

Thésée semble d'accord avec moi. En tapant dans ses mains, il rassemble les autres jeunes Athéniens autour de lui.

– Venez ! Venez tous !

Peu à peu, les garçons et les filles s'approchent avec précaution. Le fils de Poséidon leur montre le « cadavre » d'Astérion.

– Regardez ! Je suis Thésée et j'ai tué le Minotaure !

Les jeunes Athéniens hochent la tête avec admiration.

– Et maintenant, ma servante va nous conduire hors du Labyrinthe !

C'est moi, sa « servante » ? Eh bien, il ne manque pas d'air ! Je m'apprête à lui répondre quand Glaux me pince doucement la peau du cou. Elle me chuchote à l'oreille :

– Il vaut mieux que tu restes anonyme. Joue le jeu !

Je grommelle un peu quand même, puis je leur fais signe de me suivre. J'attrape le fil et je le remonte petit à petit, les Athéniens sur les talons.

Nous refaisons tout le parcours à l'envers en tournant à droite, puis à gauche, puis encore à droite.

On monte, on descend. On traverse des salles souterraines, on franchit des passerelles...

Sans le fil rouge, je me serais perdue cent fois !

Enfin, nous débouchons dans la cour principale. Les volets sont toujours fermés. Personne ne nous verra. Maintenant, j'espère que le fil sera assez solide pour nous soulever.

Je montre l'exemple en grimpant le long de la ficelle jusqu'à l'étage. Puis, c'est au tour de Thésée et des autres de me rejoindre dans cette salle dont les baies donnent, d'un côté, sur la cour, de l'autre, sur l'extérieur.

– Qui es-tu ?

Je fais encore un bond de surprise. En me retournant, j'aperçois une des filles de Minos qui me fixe. Mais, avant que j'aie pu répondre, elle se désintéresse de moi et sa bouche s'étire en un sourire charmeur.

– Ah, Thésée ! J'ai eu si peur !

Elle me bouscule pour aller embrasser le « héros ». Il joue parfaitement son rôle.

– Oui, Ariane, déclare-t-il de sa plus belle voix, j'ai tué le Minotaure !

– Et tu es sorti grâce au fil que j'avais placé pour toi ! répond la princesse en montrant le pilier.

Je n'en reviens pas ! La dénommée Ariane vient de s'attribuer tout le mérite de mon idée ! Je vais dire à cette mortelle ses quatre vérités, mais Glaux me fait signe de ne pas perdre de temps.

– Les soldats de Minos ! prévient-elle à voix basse. Ils arrivent !

## 11. Les filles de Minos et de Pasiphaé

Je vois arriver les gardes avec leurs casques en défenses de sanglier. Ils traversent la place et se dirigent vers notre bâtiment.

Je pousse alors les Athéniens vers le cyprès qui passe devant la fenêtre.

– Par là !

Heureusement, ils sont tous jeunes et en bonne santé. Je les vois s'agripper aux branches et opérer une descente rapide.

À cet instant, la seconde fille de Minos déboule dans la pièce. Elle a manifestement couru parce qu'elle est essoufflée et que ses cheveux sont en désordre. De la même manière qu'Ariane, elle ne voit que Thésée, comme si le reste de la pièce était vide.

– Tu pars ? demande-t-elle en minaudant.

Thésée se tourne vers les deux sœurs. Il les regarde l'une après l'autre, un peu ennuyé.

– Ariane ! dit-il à la première.

Il soupire.

– Phèdre ! dit-il à la seconde.

On voit bien qu'il n'arrive pas à se décider.

– Je t'ai offert une épée ! dit Phèdre.

– Je t'ai donné le fil rouge ! dit Ariane.

Encore une fois, je vais protester mais Glaux me montre du bout de l'aile les soldats qui approchent. Leurs pas lourds résonnent dans les escaliers. Je dois intervenir :

– Bon, vous venez avec nous. Toutes les deux !

– Vraiment ? demande Ariane, surprise.

– Vraiment ? demande Phèdre, étonnée.

– Vraiment ? demande Thésée, étonné et surpris.

– Vraiment ! Allez, ouste !

Je les oblige à grimper dans l'arbre. Les deux filles protestent à cause de leurs robes mais Thésée les aide à s'agripper sans déchirer leurs précieux vêtements.

Je me penche et les vois tous arriver en bas. Il ne reste que Thésée et moi.

– Qui es-tu ? me demande-t-il.

– Mon nom est Dryas, l'espionne de l'Olympe. Je suis une dryade. Ton père m'a envoyée à ta recherche.

– Eh bien, Dryas la dryade, je te remercie. Sans toi, je n'aurais pu m'échapper d'ici.

Je rougis sous le compliment.

– Apapaï ! Ce n'est rien. Allez au port et sautez dans un navire. J'arrive.

– Veux-tu que je t'aide à descendre ?

Je le regarde, indignée. Cette fois, c'est Glaux qui répond, à la grande surprise de Thésée :

– Dis donc, jeune présomptueux, Dryas est capable de se débrouiller toute seule !

– Ah, pardon !

Il s'élance du balcon et attrape une branche. Souplement, il se laisse ensuite glisser jusqu'à terre.

– Attention, derrière toi ! s'écrie Glaux en s'envolant.

Je m'étonne :

– Mais il n'y a rien derrière lui...

– Non, derrière *toi* !

Je fais volte-face et me retrouve nez à nez avec des gardes qui pointent leurs lances dans ma direction. Le roi Minos arrive et me dévisage méchamment.

– Qui es-tu ?

Malgré la peur, j'esquisse un sourire.

– Tu ne le sauras jamais !

Je pivote sur moi-même, saute par-dessus le garde-fou et disparais dans le cyprès.

## 12. Sous le vent

Je descends le long du tronc.

En passant, je croise la dryade du cyprès qui pleure toujours. Je lui lance :

– Ne t'inquiète plus, Astérion va bien !

Mais je n'ai pas le temps de m'arrêter.

Le palais est en pleine agitation. Des soldats courent dans tous les sens et je vois leurs lances dépasser des remparts un peu partout.

– C'est par là ! fait Glaux.

Elle essaie de m'indiquer la direction du port tout en volant, ce qui n'est pas facile. D'ailleurs, elle tombe comme une pierre, avant de se reprendre de justesse à deux doigts du sol.

Ouf ! J'ai eu peur pour elle !

Une fois à terre, je rejoins les Athéniens qui sont montés sur un petit bateau au bout du port, sur un quai de pierre et de bois. Ils n'ont pas l'air très contents.

– Que vous arrive-t-il ?

– Il n'y a pas de vent, explique Thésée, entouré des deux sœurs qui s'accrochent à lui comme si le navire était en train de couler. Nous ne pouvons pas partir !

Je me retourne. Les soldats crétois viennent de surgir et d'envahir le port. Je lève les yeux au ciel :

– Il faut vraiment que je fasse tout ici...

J'appelle mes sœurs néréides, les nymphes des vagues.

– Néréides, humides néréides, êtes-vous là ?

– Que veux-tu, petite dryade ? demande l'une d'elles qui a fait surface.

Je la reconnais à ses cheveux bleus tressés de perles et à ses lèvres de corail.

– Pouvez-vous emporter ce vaisseau loin du port ?

– Bien sûr, petite dryade, cela n'est rien pour nous.

Aussitôt, elles se placent sous la coque du navire et l'entraînent vers le large. J'entends les Athéniens crier de joie.

– Bravo à Thésée qui nous a sauvés !

– Ah, les ingrats ! s'enflamme Glaux.

Je lui fais signe que ce n'est rien. Et je me tourne vers les nymphes des eaux.

– Soyez remerciées, humides néréides.

Elles me saluent d'un hochement de tête et disparaissent dans un flot d'écume.

Quand Minos arrive sur le quai, il est trop tard.

Moi, je suis déjà allée me cacher dans un autre cyprès, tandis que Glaux est perchée sur une branche.

– Pourquoi n'es-tu pas montée sur le navire ? demande-t-elle. Nous aurions pu rentrer avec eux.

– Il y a assez de monde sur ce navire. Et puis, je n'en ai pas tout à fait terminé avec la Crète. Il me reste une chose à faire. Glaux, il est temps pour toi d'aller réclamer ma récompense auprès de Poséidon...

## 13. Le jeu du Minotaure

– C'est toi le Minotaure !

Je viens de toucher Dolmas à l'épaule. Il est tellement déçu d'avoir perdu qu'il se met presque à pleurer. Je suis obligée de le consoler en lui tapotant l'épaule.

– Apapaï ! Ce n'est pas grave. Je vais faire le Minotaure encore un peu.

Oui, depuis que je suis rentrée, on a changé le nom du jeu. Cela ne s'appelle plus le jeu du loup, mais le jeu du Minotaure.

J'ai raconté mes aventures à Melitzanès, Dolmas et Briam. Ils ont tout de suite décidé de prendre ce nouveau nom, qui a fait peur à Dolmas au début.

Je suis contente d'être rentrée dans ma forêt, même si Briam n'arrête pas de me dire qu'elle s'est froissé une aile en me portant. Les palais crétois ne m'ont pas vraiment plu avec leur Lab... Enfin, vous voyez.

Glaux, perchée sur une branche, nous regarde avec sévérité.

– Comment peux-tu passer ton temps à jouer à des jeux aussi enfantins, Dryas ? J'ai du mal à croire que c'est toi qui as sauvé Thésée.

Je lui réplique aussitôt :

– C'est justement parce que les dieux m'obligent à accomplir plein de missions que j'ai besoin de jouer.

À cet instant, un grand jeune homme blond déboule dans notre clairière. Je reconnais le mortel – euh, Machille ? – déjà croisé quelques jours plus tôt.

Cette fois, il porte un baluchon sur le dos.

– C'est encore moi, dit-il. Je dois assister aux cours de Chiron. Je suis désolé mais je me suis à nouveau égaré en cherchant sa grotte.

Je lève la main.

– Ce n'est pas grave. J'ai la solution.

Les mains en porte-voix autour de la bouche, je crie :

– Astérion !

Soudain, les branchages tremblent et les buissons frémissent. Une masse énorme et cornue sort d'entre les feuilles.

– Tu m'as appelé ? demande le Minotaure qui tient une pomme à la main.

– Oui, ce mortel s'est perdu. Peux-tu le conduire à Chiron ? Sinon, il risque d'arriver à Troie par erreur.

– Bien sûr, s'incline Astérion.

Il s'adresse à Achille qui demeure sur ses gardes devant le monstre.

– Si tu veux bien me suivre. Et n'aie pas peur, je suis végétarien. Une pomme ? propose-t-il.

Les deux s'enfoncent dans les profondeurs de la forêt.

Eh oui, Astérion est devenu notre guide ! À force d'avoir parcouru le Labo... Non, j'abandonne.

À force de s'être baladé partout, il est devenu un champion de l'orientation. Trop fort, le Minotaure !

En plus, il en avait assez de rester entre quatre murs. Et puis, il est censé avoir été tué par Thésée. Alors, maintenant, il habite avec nous sur le mont Pélion. C'est la récompense que j'ai demandée à Poséidon.

J'entends Glaux qui se racle la gorge.

– Qu'est-ce qu'il y a ?

– En fait, dit-elle timidement, j'ai changé d'avis. Est-ce que je peux jouer avec vous ?

Je lui touche l'aile.

– D'accord. Mais c'est toi le Minotaure !

Et je pars en courant.

## La leçon de Chiron

# Thésée et le Minotaure

Bien sûr, on n'a pas toujours la chance de pouvoir jouer toute la journée. Il faut parfois aller écouter la leçon de Chiron, le centaure le plus sage et le plus savant du monde.

On s'installe sur un vieil olivier au tronc noueux et la leçon commence.

– Bonjour, les petits scarabées, dit Chiron en lissant sa barbiche.

Il aime bien nous appeler comme cela même si je n'en connais pas la raison. Il montre son nouvel élève blond.

– Je vous présente Achille, fils de Pélée.

– Il est trop bôôôô ! bave Briam.

– C'est vrai qu'il a de l'allure, souffle Dolmas, impressionné.

– Mais la leçon du jour portera sur notre nouveau guide : Astérion. Voici son histoire... Tout a commencé il y a longtemps en Crète. Minos se disputait avec ses frères pour savoir qui serait le souverain de l'île. Il a demandé un signe aux dieux olympiens. Poséidon a alors envoyé un taureau blanc magnifique. Ainsi Minos est devenu roi de Crète.

J'avais déjà oublié cette partie. Je bâille.

– Mais Minos oublia qu'il avait promis à Poséidon de sacrifier le taureau. Alors, pour le punir, Poséidon rendit la reine Pasiphaé amoureuse du taureau. Ensemble, ils eurent un enfant : Astérion, le Minotaure.

Je hoche la tête. Oui, cela me revient.

– À la même époque, le fils de Minos et de Pasiphaé, Androgée, partit à Athènes pour participer à des concours athlétiques. Il battit tous ses concurrents à plate couture. Ceux-ci, jaloux, s'associèrent pour le tuer.

Apapaï ! Ah, ces mortels ! Je regarde Dolmas qui, effrayé, cache son visage dans ses mains.

– Quand Minos apprit la mort d'Androgée, il attaqua Athènes et écrasa les armées adverses. Il exigea, avant de repartir chez lui, qu'on lui remette un tribut : chaque année, sept jeunes garçons et sept jeunes filles lui seraient livrés en Crète. Égée, le roi d'Athènes, dut accepter, et Minos rentra dans son île.

Je me rends compte que Briam n'écoute rien : elle n'a d'yeux que pour Achille.

– Minos avait un plan. Il voulait profiter de cette victoire pour cacher et enfermer le Minotaure. D'abord, il demanda à son meilleur inventeur, Dédale, de construire un palais aux couloirs compliqués dans lequel il pourrait emprisonner Astérion. Puis, il profita du tribut d'Athènes pour nourrir le Minotaure en enfermant les jeunes gens dans ce palais appelé Labyrinthe.

Ah oui, cela me rappelle quelque chose...

– C'est alors que le fils d'Égée, futur roi d'Athènes, décida de s'embarquer avec les jeunes gens du tribut. Il débarqua incognito en Crète et, une fois dans le Labyrinthe, il tua le Minotaure d'un coup d'épée.

Je vais pour protester mais Chiron me fait signe de baisser le bras.

– Nous en resterons à la version officielle.

Dolmas, toujours apeuré, lève la main:

– Mais comment Thésée est-il sorti du Labyrinthe alors que ses couloirs étaient si compliqués ?

– Eh bien, répond Chiron, c'est la fille de Minos, tombée amoureuse de lui, qui lui donna un fil à dérouler derrière lui pour retrouver le chemin du retour.

Melitzanès ouvre la bouche, stupéfaite.

J'ai bien envie de lui dire que l'idée vient de moi mais ça ne servirait à rien. Tout le monde appelle cela le fil d'Ariane maintenant. Quand je pense que ça aurait pu être le fil de Dryas ! Ça aurait mieux sonné...

– Ainsi, Thésée est reparti avec Ariane mais aussi avec Phèdre, l'autre fille de Minos. En route, il a abandonné Ariane sur une

île parce qu'elle avait le mal de mer et il est devenu roi d'Athènes.

Cette fois, c'est moi qui demande la parole.

– Mais Égée est toujours en vie !

– En fait, Thésée avait promis à son père que les voiles noires de son navire seraient remplacées par des blanches à son retour, s'il avait survécu. Mais, par étourderie, il oublia de changer les voiles. Quand Égée aperçut les voiles noires à l'horizon, fou de chagrin, il se jeta dans la mer. D'ailleurs, on appelle maintenant cette mer la mer Égée.

Eh bien, je n'aimerais pas être à la place de Thésée, même s'il est roi.

– C'est tout pour aujourd'hui, conclut Chiron. Vous pouvez aller jouer.

Il n'a pas besoin de nous le répéter deux fois, sauf à Briam qui est toujours occupée à admirer Achille !

## Retrouve Dryas, Glaux et leurs amis dans :

MISS PATY
FABIEN CLAVEL
L'espionne de
l'OLYMPE
Au travail, Hercule !
RAGEOT

## L'auteur

Né en 1978 à Paris, Fabien Clavel a suivi des études de lettres classiques. De 2007 à 2011, il a enseigné le français et le latin au lycée français de Budapest avant de se réinstaller en région parisienne. Il est l'auteur de nombreux romans, explorant tous les genres des littératures de l'imaginaire (fantasy, science-fiction, fantastique...). Il s'intéresse aussi au thriller et aime revisiter les mythes classiques.

Retrouvez-le sur son blog : **clavelus.blogspot.com**

## L'illustratrice

Miss Paty, autrice-illustratrice, a quitté sa jolie ville de Marseille pour s'installer à Angoulême et travailler dans le monde du cinéma d'animation avant de se consacrer à plein temps à la BD et à l'illustration. Elle est l'autrice de la BD *Nom d'un poulpe* dans la collection Tuschuss! (Slalom) et travaille pour la presse et l'édition : Milan, Bayard, Larousse, Nathan... Elle est aussi membre de l'Atelier du Gratin où elle a installé son poste de création.

Retrouvez-la sur Instagram où elle poste régulièrement du contenu inédit : **instagram.com/misspaty**

Retrouvez tous nos livres
sur notre site www.rageot.fr

Achevé d'imprimer en France en mars 2023
par Dupliprint à Domont (95)

Dépôt légal : septembre 2021
N° d'édition : 7708-02
N° d'impression : 2023021778